KB271395

당신을 산책하고 있어요

공감시인선 34
당신을 산책하고 있어요
ⓒ 신경희, 2021

지은이_ 신경희

발행인_ 이도훈 | 교정_ 김미애
펴낸곳_ 도서출판 도훈
초판발행_ 2021년 11월 26일

사무실_ 서울시 서초구 법원로3길 19 2층, w109호
        (서초동, 양지원빌딩)
전 화_ 010-6722-4621, 0507-1453-4621
팩 스_ 0504-227-4621
이메일_ flyhun9@naver.com
홈페이지_ www.dohun.kr

ISBN_ 979-11-89537-91-3 03810
정 가_ 11,500원

본 도서는 〈안산시 문화예술진흥기금〉에서 일부 지원받았습니다.

도서출판 도훈

당신을 산책하고 있어요

신경희 시집

신 경 희

한국문인협회 회원
한국가톨릭문인협회 회원
〈성호문학상〉 수상
경기도 〈문학 공로상〉 수상

작품집 :
시집 『바다를 끓이다』, 『내 마음의 연못』
시와 산문집 『푸른 곰팡이』

시인의 말

끊임없이 자신을 내어주는 길들에게

그 길에서 만나는 풀꽃들에게

오늘도 그 길을 함께 걷고 있는

차례

1부

꽃들이 활짝 핀 정원에서

당신을 산책하고 있어요

당신을 산책하고 있어요

당신의 생이 빛나고 있어요

행운을 바라는 행운의 키

당신, 다음 생을 열고 들어오세요

이제는 추억, 당신의 과거 추억처럼 열어 보는

당신의 열쇠는 항상 당신을 향해 열려 있어요

당신의 이력을 읽는 아침

꽃들이 활짝 핀 정원에서 당신을 산책하고 있어요

당신 생에 축복을 빌어요

당신 생의 봄날을 읽는 아침

햇살이 밤하늘의 폭죽처럼 환하게 빛나고 있어요

구름 독서

뭉게구름이었다가 몽실몽실 양털 구름
양치기 소년과 늑대는 아직 나타나지 않았어요
다시 흩어졌다가 피어나는 하트 하트
큐피드의 화살은 아직 도착하지 않았어요
멋진 베르테르는 동쪽 하늘에서 편지를 쓰고 있어요
그녀는 형상이 없는 뭉게구름에 고양이를 그렸어요
야옹 야옹 야옹….
다시 흩어졌다가 피어나는 뭉게구름
그녀는 구름 숲속에 토끼를 그렸어요
깡충깡충 토끼가 뛰어다니는 구름 숲에는
푸른 건반 위의 악보들
서쪽 하늘에서 먹구름이 밀려와요
빗방울이 후드득….

풀밭 위에 아기 거위들 풀을 뜯고 있어요
거위의 꿈들이 자라고 있어요

난 날 수 있어요

푸드득 푸드득….

평화로운 마을엔

아기 거위들 물갈퀴로 헤엄치며 물속에서 나는 연습을 해요

서쪽 하늘에서 먹구름이 밀려와요

아프리카 수단의 아리안 오늘도 학교를 가는 대신

다리안 오빠와 함께 물을 길어 가고 있어요

뙤약볕에서 몇 시간 물을 길어 오다 땀과 먼지로 뒤범벅

기린 오줌으로 열을 식혀요

기린 이름은 '다빠이' 다빠이는 고마운 친구라는 뜻이에요

오염된 물을 마신 아리안 단짝의 친구는 하늘나라로 갔어요

오늘은 하루 종일 비가 내려요

아리안에게 우물을 주고 싶어요

물이라곤 눈물과 땀방울인 수단의 아이들

하루 종일 비가 내려요 아리안의 맑은 우물

맑은 하늘은 이제 그만

하루 종일 비가 내려요 아리안의 맑은 우물이 내려요

눈동자가 빨간 토끼

귀가 파란 토끼는 하얀 접시에서 살아요

마스카라를 한 토끼는 눈썹을 길게 길게 늘려요

초록 사과였던 나는 귀가 파란 초록 토끼

푸른 풀밭에서 풀을 뜯던 귀가 파란 토끼는

마스카라로 길게 길게 눈썹을 늘려요

눈을 감아도 눈을 감을 수 없는 없는

눈동자가 빨간 토끼는

오늘도 길게 길게 마스카라로 눈썹을 늘려요

쇼윈도의 마네킹처럼 잠들지 못하는 밤

귀가 빨간 토끼는 귀를 허공에 걸고 길게 길게 눈썹을 늘
려요

귀가 파란 토끼는 은하수에서 떡방아를 찧는 꿈을 꿀까요

세상은 눈동자가 빨간 토끼들이 늘려 놓은 눈썹들

그 길고 긴 눈썹 위 푸른 하늘에 별들이 뜨고 내려요

코로나19 일기

은방울꽃 속에서 날마다 방울 소리가 들려오는 날

날마다 귀를 쫑긋 세우고 방울 소리를 듣는 날

체리 허브 꽃향기를 맡는 날

푸른 갈대숲 호숫가

잉어 떼와 청둥오리 노랑부리백로

물 난초를 만난 날

비바람 천둥이 치고 폭우가 쏟아지는 날

식물원에 갇혀 수국 소나기를 만난 날

아파트 정원에 섬초롱꽃을 모종한 날

　　묵주를 들고 환희의 신비를 바치며 아파트 정원을 산책
하는 날

　　고통의 신비로 백번을 저어 만든 달고나 커피를 마시는
날

　　쇼팽의 즉흥 환상곡을 들으며 잃어버렸던 감성을 불러오
는 날

인디안 핑크 발레 슈즈

올봄 나에게 선물해 준 인디안 핑크 발레 슈즈

가벼운 발걸음으로 발레를 하듯 사뿐사뿐

뒤꿈치엔 구슬이 블링 블링 나는 지금 그곳을 향해 가고
있어

살다가 삶이 무료하고 힘이 들 때 가볍게 환승을 해 보는
거야

나를 어느 곳에 데려다줄지 모르는 인디안 핑크 발레 슈즈

마음의 길을 잃어버릴 때 나침판이 되어 줄 북극성

아주 낯선 곳일수록 진초록 내 마음속을 통과하고 있어

나는 그 성을 향해 가고 있어

마음의 길이 되어 나침판이 되어 줄 북극성

하루살이 천 년 살이

하루살이는 하루가 전 생애다

백일홍은 백 일이 전 생애다

하루를 천 년처럼 사는 하루살이

백 일을 천 년처럼 사는 백일홍

살아 있는 동안 붉게 피어라

살아 있는 동안 환하게 빛나거라

하루를 천 년처럼 천 년을 하루처럼

백 일을 천 년처럼 천 년을 백 일처럼

살아 있는 동안 붉게 피어라

백로

너는 가깝고도 먼 거리에 있다

몇 발자국 다가가다 뒷걸음쳐

경계 밖에서 너를 지켜보고 있다

너는 물속 그림자로 나를 보고 있다

네 그림자를 가슴에 안고 걷다 보면

갈대숲에서 들려오는 새들의 울음소리

그 울음소리로 너를 지켜보고 있다

시

목이 마르고

마음이 고플 때

오늘도 쓰는 기도

오늘도 쓰는

영혼의 음료

기도

오늘도 이른 아침,
굽이 가장 높은 슬리퍼를 신고
현관 밖에 서서 배웅을 해요

한 번 더 뒤돌아보며
나누는 눈인사

어머니가 그렇게 하셨던 것처럼
손을 흔들어주며 보이지 않을 때까지

오늘도 이른 저녁,
저녁밥을 지어 놓고
굽이 가장 높은 슬리퍼를 신고

어머니가 그렇게 하셨던 것처럼
구수한 밥 냄새와 청국장 끓이며

현관문 활짝 열어 놓고
현관 밖에 서서 마중을 해요

어머니가 해 주셨던 가장 아름다운 기도

시를 담그는 시간

투명한 유리병 속에 시를 담아요

싱싱한 재료를 바구니에

넘치지 않게 골라 바구니에 담아야 해요

재료들을 가지런히 다듬고 시를 절이는 시간

30분간은 뒤적이고 10분간은 시를 뒤적이며 다독다독

시가 절여지는 동안 양념을 준비해야 해요

갖가지 양념을 다듬고 다듬어 덩어리 지지 않게

채로 곱게 치고 절여진 시를 깨끗하게 헹구어

양념과 함께 버무려진 시

너무 짜거나 맵지 않고 슴슴하게 양념과 함께 버무려진
시

투명한 유리병 속에 담고

숙성되어 발효가 되는 시간

투명한 유리병 속 시를 들여다보는 시간

맛있는 시가 되는 시간

Dear Lie 디어 라이

올리브 나뭇잎이 반짝 빛나는 입구
길 옆 카페에서 당신은 커피를 주문해요
벽에 걸린 마티스의 그림과 고흐 그림
당신은 마티스와 고흐의 그림 커피 향을 읽어요
이탈리아를 달리던 차창 밖에서 읽었던
풍경과 정서가 고스란히 담긴
당신은 아메리카노 한 잔과 갓 구워낸 무화과 치즈빵
이국정서를 담은 공간
당신은 그곳에서 하루를 조율해요
그곳은 당신의 평온한 그늘
일용할 양식은 생명의 빵
도시의 숲속엔 커피나무 숲들이 무성하게 자라고
올리브나무 사이 단단한 과육이 자라고
오븐에선 담백한 올리브 치아바타 빵과 바게트
살아 있는 생명의 숨결이 부풀어 올라요
당신의 숨결도 함께 부풀어 올라요
당신은 부드러운 무화과 치즈빵 살결을 먹어요

Dear Lie Dear Lie Dear Lie

올리브나무 잎새에 바짝바짝 빛나는 생명들

도시의 숲에선 푸른 밀 숲이 출렁이고 있어요

당신의 신선한 아침이 부풀어 오르고 있어요

산책

내 몸에 스위치를 켜는 아침

몸속에 환하게 불을 밝혀요

몸은 시계보다 정확한 빛의 속도로 움직이고 있어요

움직이는 빛의 속도는 우리를 움직이게 하는 힘

쓰러진 풀잎들은 기지개를 켜고 일어나 함께 산책을 해요

풀잎 위에서 잠을 자고 있던 곤충들과 새

일제히 일어나 기지개를 켜고 나누는 인사

산책길에서 칸트도 묵상해 봐요

일생을 걸으며 시계보다 정확하게 빛의 속도로 움직였던

산책은 하나의 신념을 다지기 위해 길 위에서

길을 만나는 일인지 모르겠어요

오늘도 외길로 난 길을 산책해요

겹쳐진 발자국들이 모여 길을 내고

발자국 위에 빛들이 고여 있어요

안녕? 오리

오늘도 너와 함께 걷고 있어

꽁꽁 언 얼음 위

따뜻한 체온으로 너의 길을 내고 있어

안녕? 오리

누군가 만들어 놓은 눈 토끼

누군가 만들어 놓은 눈 오리 눈 비둘기

누군가 눈으로 만들어 놓은 새하얀 성

백설 공주와 일곱 난쟁이가 살 것 같아

이곳은 얼음 성 눈의 나라 눈사람 가족들

안녕? 오리

꽁꽁 얼어버린 새빨간 물갈퀴

너의 우주를 넓혀 가고 있어

언 강물이 녹아 너의 체온이 따뜻해질 때까지

안녕? 오리

오늘도 너와 함께 걷고 있어

언 강물이 녹아 아득히 머나먼 길을 낼 때까지

안녕? 오리

너의 날개로 포르르르 하늘을 날아올라
차르르르 내려앉아 물결 위를 평화로이 노닐 때까지
안녕? 오리
오늘도 너와 함께 겨울 강을 건너고 있어

거위의 꿈

바람결에 노오란 유채꽃이 흔들리는 오후
아련하게 피었다 지는 노오란 유채꽃밭
그 속에서 거위 가족들 모여 유채꽃으로 식사를 해요
거위 배 속은 노오란 전등불이 켜질 거예요
환한 전등불 같은 유채꽃의 환한 빛과 색채
거위들은 더욱 환해지고 깃털은 풍성해질 거예요
하늘하늘 꽃잎처럼 가벼운 깃털들 부풀어 오르는 꿈
그 찬란한 빛과 색채를 먹고 자라는 아기 거위들
아련하게 흔들리는 노오란 유채꽃밭 속에서
꿈을 키워가며 노오란 깃털을 키워가고 있어요
엄마 거위 날개를 활짝 펴고
부풀어 오른 깃털과 물갈퀴
아기 거위들을 지키고 있어요
찬란한 유채꽃밭 위의 식사
아직도 진행 중인 거위의 꿈은 유효해요

꽃의 생일

날마다 피었다 지는 꽃들의 탄생

폭죽처럼 터졌다가 사라지는 꽃들의 일생

핸드폰으로 생을 기록하는 사람들

꽃의 영혼도 함께 저장을 해요

꼭 다문 생의 열매 그 속엔 환한 과거

밝은 미래가 빛나고 있어요

날마다 태어나는 꽃의 생일

폭죽이 환하게 터지는 밤이에요

꽃들이 탄생하는 은혜로운 밤이에요

축제 축제의 밤이에요

어둠의 미래

노란 별들이 총총히 박힌 밤하늘 별빛이 내려왔어요
하늘이 된 지상의 별들이 환한 불을 밝힌 거예요.
순간을 알 수 없는 우리들은 길을 잃고 헤매고 있어요
너무 환해서 어둠을 잃어버린 우리들
어둠이 보이지 않는 것을 우리는 절망이라고 해야겠어요.
빛으로 가득한 세상은 빛이 가득할수록 어두워지고 있는
지도 모르겠어요
낮에도 밤에도 빛으로 가득한 세상 밤이 깊을수록 환해
지는 지상의 빛들
하늘의 별빛들이 보이지 않아요 더 이상 별빛을 그리워
하지 않는 어둠
어둠을 그리워하지 않는 별빛들
어둠이 깊을수록 별빛은 빛나지 않아요
어둠이 깊을수록 도시의 현란한 빛들은 환한 대낮보다
밝아져 와요
하늘엔 잠을 설친 핼쑥한 초승달이 졸고 있어요.
천변 위에는 밤낮을 구분하지 못하고 포식한 거위들

도시의 가로등 불빛 아래 비만한 꿈들이 진행 중이에요

거위

아기 거위 아홉 마리
떼 지어 천변을 함께 걸어요
거위 가족은 서로가 서로를 지켜요
엄마 거위 아빠 거위 목을 길게 늘이고
꿰엑꿰엑 행인들을 위협을 해요
성큼성큼 돋아나는 깃털이 무성해져요
거대한 숲이 된 몸에선
날개가 돋기 시작한 거예요
어머나! 겨드랑이가 간지러워진 거위들
풀밭 위에서 달콤한 풀밭 위에서 식사를 해요
몸은 거대한 숲이 되어 성장을 멈춘 거위들
커다란 날개를 가지고 날지 않아요
커다란 물갈퀴를 가지고도 헤엄치지 않아요
두 가지를 다 포기하지 못한 거위들
풀밭 위에서 달콤한 식사를 해요
날 수도 헤엄칠 수도 없게 된 거위 가족들
거위의 몸 숲에선 진화하는 날개가 살아요

날지 않아도 천천히 함께 걸으며 품어주는
거위의 몸 숲에선 진화하는 물갈퀴가 살아요
빨리 물위를 헤엄쳐 가지 않고
천천히 길 내주며 함께 걸어가요
뒤뚱뒤뚱 천변의 거위 가족들
서로가 서로를 지켜주며 오늘도 함께 걸어가요

해바라기

– 고독

한적한 오후, 해바라기 씨앗 같은 검버섯이 촘촘하게 박혀있는 얼굴의 노인들, 삼삼오오 짝지어 벤치에 앉아 있다. 연로하거나 반신불수가 되어 거동이 불편한 아파트 단지의 노인들이다.

은행 지점장을 지냈다는 J 할아버지, 중학교 교사를 하다가 퇴직을 했다는 K 할머니, 오후 2시 벤치는 토론이 한창이다.

말발이 센 두 노인을 중심으로 오후 2시 벤치의 열기는 뜨겁다. 아직도 버리지 못한 두 노인의 호기는 오히려 적막한 노인들의 심심풀이가 된다. 정치건 사회 이야기건 묵묵부답으로 들어주는 몇몇의 노인들, 이도 저도 아닌 20대에 청상과부가 된 기름집 할머니, 반신불수로 언제나 침묵이언어다.

학력이 높거나 자식들이 출세하였거나 이곳에 모인 노인들의 오후 2시 벤치는 모두가 평행선이다. 해가 지는 방향

을 바꾸어가며 시계의 초침과 분침이 움직이듯 돌고 돌아앉
은 적막한 오후의 해바라기, 노인들 오늘도 긴 하루 해바라
기 중이다.

어둠 속의 대화

그녀의 독백은 언제나 어둠뿐인 블랙박스에서 시작되어
캄캄한 어둠뿐인 환한 대낮도 그녀에겐 까만 밤이었어
바퀴를 달고 굴러다니는 유령들의 환한 웃음소리
영원히 어둠인, 화려한 조명등이 켜지는 무대 뒤
긴 기다림으로 화려한 주연을 꿈꾸곤 하지
생의 화려한 무대를 꿈꾸곤 하지
죽어서도 포기할 수 없는 간절함,
프롬프터인 그녀는 때론 더 진짜 배우가 되었어
대형 거울이 환히 비추는 객석은 모두 어둠의 유령뿐이
었지
베르톨트 브레히트 극의 음악과 러시아풍 음악이 흘러
나오는
영원히 오지 않을 등장을 기다리며, 그녀는 오늘 밤도
꿈을 꾸는 거야
바퀴 달린 대형 거울 앞에서 화려한 분장을 하고,
눈이 부셔 객석을 바라볼 수 없는 조명발을 받으며
환하지 않아도 살아남는 어둠에 대해
강하지 않아도 살아남는 부드러움에 대해

2부

마음이 깨끗하지 못한 나는
부끄럽지 않았다

고백

마음이 가난하지 않은 나는 늘 행복했다

슬퍼하는 사람들을 나는 늘 위로하지 않았다

마음이 깨끗하지 못한 나는 부끄럽지 않았다

의롭지 못한 나는 늘 정의로웠다

평화를 이루지 못한 나는 늘 평화로웠다

하느님의 인장을 받고도 온유하지 못한 나는

늘 온유로웠다

늘 기뻐하고 즐거워하며

하늘에서 받을 상을 그리워했다

수국

시들지 않는 물의 나라

당신의 정원에는

수국꽃들이 활짝 피어있어요

촉촉하게 젖어 있는

물방울들이 분수처럼

솟아올라 원을 이루는

물꽃들이 시들지 않는

생명의 나라

당신의 정원에는

물방울 꽃들이

분수처럼 하늘을 향해 솟아올라요

영원히 시들지 않는 물의 나라

꿈꾸는 자작나무
 - 곧고, 흰

강원도 인제군 원대리 자작나무 흰 숲길

지나온 길을 밟으며 누군가 걸어간 길을 걸으며

모퉁이 길을 돌고 돌아 자작나무 흰 숲길을 오른다

유독 나무가 흰 자작나무는 곁가지를 두지 않는다

스스로가 스스로에게 묻고 대답하며

곁눈을 팔지 않는다

고요하고 거룩하고 정직하고 올곧은 믿음

희고 긴 옷을 입고 하늘 향해 깊고 곧게 서 있다

밥상

오늘은 소박한 밥상에 거룩한 성찬을 차린다.

일용할 양식이 될 말씀과, 기도서, 묵주.

영원한 생명의 양식이 될 밥상을 차린다.

오디

아파트 담장 밖 덩굴장미 그늘

새까만 오디 두 바구니

"오디가 두 바구니 만 원"

오디 두 바구니를 놓고

노점에 앉아있는 등 굽은 할머니

물이 든 검붉은 손톱

수줍게 오디 어루만지며

오디를 추스르는 검붉게 물이 드는 손톱

몇백 번의 손길이 갔을 오디들

까맣게 물이 든 할머니의 마음

냉동실에 넣어둔

할머니의 마음 두 바구니

할머니의 까맣게 탄 마음 두 바구니

할머니의 희망 두 바구니

거리의 식사

한 손엔 종이로 싼 두툼한 햄버거
한 손엔 플라스틱 컵에 든 아이스 아메리카노
도시 빌딩 숲을 걸어가는 발랄한
소년 소녀들 간편한 식사를 해요
천변 위엔 거위 가족들 풀밭 위에서 식사를 해요
아스팔트 위의 푸른 배설물은 거위들의 정직한 배후
더 이상 자라지 않는 성장이 멈춘 거위들
무성한 풀잎들 사이 비만한 꿈들이 자라요
한 손엔 두툼한 햄버거 한 손엔 아이스 아메리카노
소년 소녀들 거리에서 즐거운 식사를 해요
도시 빌딩이 쑥쑥 자라나는 빌딩 숲에서
간편한 식사를 해요 박제된 꿈 잠들지 않는 식욕
오늘도 우리는 비만한 꿈을 꾸기로 해요
오늘도 박제된 꿈을 꾸기로 해요
도시엔 플라스틱 꽃들이 만개하고 있어요
진화하는 꿈 우리 함께 플라스틱 식물들을 가꾸기로 해
요

영원히 시들지 않는 영원히 부패하지 않는 꿈을 꾸기로
해요

노브랜드 햄버거집

개장한 지 얼마 안 된 노브랜드 햄버거집

누구나 편안하게 들어올 수 있는 편안함

날마다 문전성시를 이뤄요

브랜드가 넘쳐나는 시대

명품에 명품

명품을 가장한 짝퉁

도시 한복판

브랜드를 찾지 않아도 되는 청춘들의 한 끼 식사

확실한 브랜드를 입힌 노브랜드 햄버거집

노브랜드가 브랜드예요

오늘도 줄을 서서 기다리는 노브랜드 햄버거집

궁중 삼계탕

초복이 지나고 중복 날
궁중에 와야 먹을 수 있다는 궁중 삼계탕

뜨거운 뚝배기에 보글보글
주먹만 한 어린 닭이 웅크리고 있었다

머리와 가슴 배 팔다리가 겨우 분리된
아주 어린 영아의 모습이었다

궁중에 와야 먹을 수 있다는 궁중 삼계탕
땀을 뻘뻘 흘려가며 그 연하고 어린 살을 먹었다.

뻣뻣해지고 질겨진 내 근육들에게
그 연한 살들을 대접했다

하루 종일 나는 그 어린 살들에게 미안했다.

내 몸속에 웅크리고 있을 것 같은 그 어린 살들
어린 살들이 자라나고 있는 것 같았다.

진주 잠수부

잊혀진다는 것은 슬픈 진실이에요

잊기로 한다는 것은 비겁한 일인 것 같아요

소년과 소녀들이 자라 이 땅의 성인이 되었을 지금

소년과 소녀들은 우리의 기억 속에 자라고 있어요

세월호 아이들 우리 모두에게 사랑받았던 노래가 흘러나
와요

우리 과거의 시간이 과거의 오랜 기억들이

먼 미래의 의미를 건져 올릴 수 있기를 소망해요

세월호 합동분향소가 있었던 곳

그 장소에 새겨졌던 기억들

다시 불러내 봐요

우리의 애도의 시간이 마무리되어

일상이 돌아오기까지 끝없는 기억과 증언

약속이 발생되는 의미 있는 장소로 기억되는

기념비를 새겨 끝없는 기억을 되새기게 되길

천 길 물속에서 아직도 나오지 못한

우리 아이들 꿈

그 기억을 길어 올리는 잠수부들

끊임없이 기억을 길어 올리는 잠수부들

바다의 편지 1
- 팽목항

진도 팽목항에선 날마다 편지가 전송되었다

검은 리본을 단 고요의 문장들

봉인된 슬픔은 거리거리마다 노란 수선화로 피었다

요나처럼 요나처럼 살아서 돌아오라고

두 손 모아 간절히 드리는 기도

천 일이 지나도 이제 더는 전송되지 않는

불러도 불러도 대답 없는 침묵의 메아리

붉게 물든 저녁노을 위에 핀

곡선의 쌍무지개 그대들의 붉은 영혼

바다의 편지 2
- 동거차도

남녘 섬, 동거차도엔
아직도 떠오르지 못하는 세월호가 있다

겨우내 찬바람을 맞던 천막 속엔
어느새 천 번의 봄바람이 지나가고
겨울이 오고 있다
진실을 기다리는 간절한 사랑이 있다
눈물을 닦으며 차려 낸 과자 한 상이 있다
눈물로 유류품들을 세척하며 지켜주지 못한
미안한 마음들이 있다

세월 속에 잊힐까 두려운

남녘 섬, 동거차도엔
아직도 떠오르지 못하는 세월호가 있다

바다의 편지 3
 - 봄

너희들을 무엇으로 이름하랴

해.

달.

별.

바람.

공기.

대지 위에 피어나는 풀꽃

그 위에 사뿐히 내려앉은

나비, 나비 떼들

영원히 지지 않고 피어오르는 봄

너희들은 봄이다

명이나물

부활절 아침 명이나물을 먹는다

생명을 이어 주고 귀를 밝게 해 주는

푸른 잎새의 경전을 읽는다

부활절 아침

새로운 말씀을 먹는다

소중한 건 모두가 공짜야

너희들 알고 있니?

이 세상에 소중한 건 모두가 공짜야

해님 달님 별님 바람 공기 물

들에 피어 있는 풀꽃들

높고 푸른 하늘, 두둥실 뭉게구름

따뜻한 엄마의 마음

억만금을 주고도 살 수 없는 것

진짜 소중한 건 모두가 공짜야

노력하지 않아도 쉽게 얻어지는 것

진짜 노력을 해야만 얻어지는 것

소중한 건 모두가 공짜야

억만금을 주어도 살 수 없는 것

네모에 살아요

네모에서 네모 네모에 담긴 마음들이 비워지고

네모가 쌓여가는 아침 경비 아저씨는 높은 빌딩처럼

네모 상자들을 하나의 건축물처럼 높이 쌓아가고 있어요

네모에 담긴 마음들이 모여 하나의 건축물을 이룬

파도처럼 밀려왔다가 밀물과 썰물로 사라지는

어디론가 구겨져 사라지는 네모의 마음들

네모에 갇힌 플라스틱 인간들

우리 몸속에 부패하지 않는 플라스틱 꿈

플라스틱이 점령하는 유령의 도시 네모 속에 담긴

우리는 연기 나지 않는 공장에서 꿈꾸며 살아가요

일회용품들을 생산하고 일회용품 인스턴트 식품으로

하루를 생산하고 하루를 소비하는 네모에 갇힌 우리들

빈 화분

천년 학을 날려 보내요

견고하게 박제된 천년 학

도자기 화분 벽화 속

난초는 뿌리째 뽑혀지고

주인을 잃고 쓰러져 있어요

고결함과 청초함이 제집인 줄 알았어요

난초는 긴긴 기다림과 견고함으로

튼튼한 땅에 집을 짓고 있어요

더 이상 뽑아도 뽑혀지지 않는

견고한 집을 짓고 있어요

바람 속에서 꽃을 피우고 있어요

천년 학 높고 푸른 하늘을 날아가고 있어요

해피 버스데이 투 유

하루 종일 비가 내려요

보이지 않는 영들이 있을까요

기일은 축제의 날

엄숙할 필요는 없어요

과거와 현재 미래를 보는 시간이에요

어린아이는 촛불을 켠 화려한 제사상 앞에서

손뼉을 치며 춤을 추어요

해피 버스데이 투 유 해피 버스데이 투 유

말을 배우고 처음 만나보는 생일상

기일은 죽어서 다시 태어나는 생일상

해피 버스데이 투 유 해피 버스데이 투 유

오늘은 당신 천국에서의 생일

당신의 생일을 축하해요

어린아이들은 촛불을 켠 화려한 생일상 앞에서

손뼉 치며 춤을 추어요

자화상

전설처럼 그녀가 지워지고 있어요

그녀의 무늬 안에 살고 있어요

그녀를 닮은 무늬의 무늬들

그녀의 무늬 희미하게 지워지고 있어요

다시 태어나는 그녀의 무늬

선명하고 또렷해지는 그녀들의 무늬

다시 태어나는 나의 무늬

무늬가 다시 희미하게 지워지고 있어요

나로 태어나는 선명하고 또렷한 무늬들

내 무늬를 닮은 그녀들의 무늬

그녀들은 필사 중이에요

그녀들은 나를 묘사하고 진술 중이에요

우물 안 개구리

천적이 없는 우물 안

당신 하늘을 보고 있네요

당신의 하늘은 우물 밖에 있어요

당신의 하늘은 넓어요

넓고 넓은 하늘을 만나면

당신은 날 수 있어요

넓고 넓은 바다를 만나면 당신은

더 멀리 넓은 세상으로 갈 수 있어요

당신을 가두지 마세요

당신 우물 안에서 나오세요

높고 푸른 하늘과 바람

가을 풀벌레 소리를 들으세요

봄의 시냇물과 여름의 강물과 바다를 만나세요

세상 밖에서 당신은

더 위대하게 변할 거예요

천적들이 많은 우물 밖은 당신의 천국이에요

올챙이국수

한여름 할머니는 푸른 옥수수

맷돌에 갈아 그릇에 구멍을 내어

쏘옥 쏘옥

올챙이를 많이도 건져 올리셨다

한여름 밤 멍석을 깔고

옹기종이 모여 앉아서 먹는

올챙이국수

슴슴하고 부드러운 평안

3부

나비의 날갯짓으로
나비 길을 내고 있어요

올해 여름은 나비가 많았습니다

그녀는 천변 공터에 잡초를 뽑고 꽃을 심었어요

날마다 늘려 나가는 그녀의 영토는 꽃밭

비가 오고 바람 부는 날 풀꽃이 피고 지면

금낭화 분꽃 비비추 양귀비 백일홍 메리골드 사루비아

맨드라미 봉선화 채송화 코스모스 모종을 하고

쓰러진 화초 곧추세우며 꽃밭을 가꾸었어요

봄에서 여름 나비들이 꽃보다 더 많이 피었어요

굽은 등 위로 날아오르는 나비 떼들

나비 떼와 사뿐사뿐 천변을 걷고 있는 사람들

주황 나비 하양 나비 노랑나비 왕오색나비 홍점 알락나
비 호랑나비

꽃노을처럼 물이 드는 산책길

나비를 입은 그녀는

나비의 날갯짓으로 나비 길을 내고 있어요

지상의 푸른 낙원
 - 대부광산 퇴적암층

오, 샹그릴라!

하늘과 맞닿은 절벽 아래 푸른 호수

해 달 별 바람 학 소나무

구름이 흐르다 쉬어가는 곳

호수의 고요는 천사의 푸른 눈동자

영혼을 치유하는 천사의 눈물

오, 샹그릴라!

하늘을 오르는 천상의 푸른 계단

노랑부리백로

잉어 떼 물속에서

청둥오리 무등 태우고

사계절 우거진 갈대 습지

노랑 희망을 품고 날아와

둥지를 튼 노랑부리백로

평화가 우거진 인정의 숲에서

희망을 산란하는 노랑부리백로

노을

무지개다리 건너 옥류천

물새와 물난초 물봉선화

그대와 함께 물드는 꽃노을

안산 유람
- 화랑 호수

안산의 서호인 화랑 호수

늘어진 실버들과 수양벚꽃 푸른 갈대

부레옥잠 푸른 연잎 사이 물병아리

백로와 오리 떼들 한가로이 자맥질하는

단원각에 올라 봄빛 가득한 호수를 바라보니

두보가 감탄했던 서호가 부럽지 않으리

푸른 편지

당신의 푸른 편지를 펼쳐 읽어요

올봄 강원도에서 보내온 푸른 편지

하얗게 내린 눈 위에 찍힌 곰 발자국

푸른 골짜기에 피어난 발자국을 닮은 곰취

하루 종일 그 발자국들을 펼쳐 읽어요

싱싱하고 푸른 바람 소리와 계곡의 물소리

산노루 산토끼 산 다람쥐 짐승들의 숨소리

오랫동안 저장해두고 펼쳐 읽는 편지

한 잎 두 잎 푸른 사랑을 저장해 두어요

한 잎 두 잎 꺼내 읽는 당신의 푸른 편지

그 푸른 사랑을 오랫동안 두고두고 읽어요

오랫동안 그 계곡의 바람 소리를 들어요

오랫동안 산노루와 아기 사슴이 뛰어놀았을

푸르고 신선한 당신 발자국 소리를 읽어요

애기동백

고향에 두고 온 엄마 동백

그리움은 온통 붉은 꿈이었어요

원인도 모르게 뽑혀져 온

애기동백은 시름시름

그리움의 몸살을 앓았어요

엄마 품에 안기는 꿈

동백 숲에서 불어오는

동백꽃 붉은 향기

밤마다 엄마를 찾아가는 꿈

길고양이

이른 아침, 야옹! 야옹!

길고양이의 젖은 눈빛을 만났다

비가 와서 피할 곳 없는 길고양이

나무상자 하나 내어 주었다

초롱초롱 반짝이는 눈빛들

나무상자 하나 별빛을 담은 우주였다

몰티즈

연한 연두색 옷을 입고

분홍색으로 염색을 한 꼬리

노란 방수 신발을 신은

개를 보호하고 있습니다

아파트 관리소 방송에서 흘러나오는 소리

갑자기 보호라는 말이 따뜻하게 느껴졌다

분홍 바나나

심각한 사고를 당했다.

분홍 바나나

이제 더 이상

자기의 색을 고집하지 않아

분홍 바나나

멜트다운!

새들이 울고 있어

새들이 울고 있어
비가 오는 나무 숲속에서
새들이 울고 있어

아무도 귀 기울이지 않는
젖은 울음소리

바쁜 걸음으로 어딘가를
향해 걷고 있는 사람들

새들이 울고 있어

주모송을 바치고 있어

모두의 안녕을 기원하며
바치는 주모송

모두의 안녕을 기원하지만
안녕하지 못한 나날

주모송을 바치고 있어

새들이 울고 있어

꽃집

꽃들이 집을 짓는다

척박한 땅 위에 작고 어여쁜 집

제 몸이 집이다

거대한 고층 빌딩 아래

햇살 한 줌

하늘이 지붕이다

바람이 옷이다

꿀벌이 날라다 주는 사랑

사랑이 양식이다

이 땅 위에 고난을 딛고 피어나는

제 몸이 집이다

無言歌

올여름 나는 휴가를 떠나지 않았다

내 마음 때때로 가뭄이 일 때도 있었지만
한 번도 떠나본 적이 없는 가구들과 벽시계 소리와
어항 속 헤아릴 수 없는 열대어 귀여운 구피 새끼들

내 마음은 때로는 홍수가 일 때도 있었지만
아파트 정원 붉은 접시꽃이 피었고, 흰 보라 도라지꽃이
피었고
나팔꽃은 이른 아침 접시 꽃대를 타고 올라 보랏빛 음색
의 색소폰 연주를 들려주었다

여름의 색과 빛과 소리의 풍경 속
붉은 꽃잎 무성한 배롱나무 위엔 하얀 눈이 소복이 쌓이
고 있었다

오랜 날을 두고 땅속 굼벵이로 견뎌 온

투명한 얼음 매미의 울음소리 들으며

그늘

빌딩 숲으로 가득한 밀림

밀림엔 커다란 밀림의 왕

사람 호랑이가 걸어 나오고

사람 사자 사람 코끼리 사람 기린이 살고 있어요

밀림이 되어버린 빌딩 숲

빌딩 숲이 자연이 되는

도시엔 그늘이 늘어나기 시작했어요

복숭아나무

떠돌이 약사 차림을 한 태풍 산산 같은 사내는
복숭아 가지에 매달려 익지 않은 복숭아를
사정없이 흔들어댔다.

주렁주렁 매달렸던 푸른 눈망울들이
또르르 땅에 떨어졌다.

사내는 검은 봉투에 사정없이
폭력을 주워 담았다

푸른 솜털이 포르르 돋아있는 풋복숭아는
어미 품속에서 젖을 물고 있다가 영문도 없이
떨어져 나온 어린 새끼들 같았다.

복숭아나무는 그날 밤
밤새 젖몸살을 앓고 있었을 것이다.

미술관 가는 길

미술관 가는 길
외진 길 숲에
詩들이 주렁주렁

반짝 해님이
솔솔 솔바람이
폴짝 날아오른 새들이
잠자리 떼와
나비가 쉬어가며
詩를 읽는 오후

책 속으로
들어오지 못하는
멋진 독자들

미술관 가는 길

외진 길 숲
시를 읽는
멋쟁이 시인들

사천 이모 집

비가 오는 날, 엄마가 없는 사람들
엄마가 해 주었던 밥이 그리운 사람들

사천 이모 집에는 수많은 조카들
둘러앉아 마주 보고 이야기 나누며
이모의 음식을 기다리고 있다

김이 모락모락 올라오는 뚝배기에
소복하게 올라온 계란찜

계절을 담아낸
야채와 나물 몇 가지
연둣빛 애호박이 들어간
구수한 된장찌개

몇 날을 아껴두었다가 내어놓은

도미 뱃살 스테이크와 소고기 숯불구이
가장 귀하게 대접해 주고 싶은
엄마의 마음이 담겨 있다

특별한 정성으로
만들어 낸 소박한 음식엔
엄마의 그리움이 담겨 있다

엄마의 마음을 대신해 만든
이모의 절제된 감성이 담겨 있다

은행나무

비바람 속 천 년 벼락을 맞아도

눈보라 속 천 년 폭설을 만나도

천 년을 사는 은행나무

세상 모든 먼지를 품고

옹이 지고 견고해진

새들이 둥지를 틀고 천 년을

천 년을 깃들고 싶은 집

4부

마음이 깨끗하지 못한 나는
부끄럽지 않았다

B006

어머니는 아무도 모르는

암호로 문을 잠그고 부재중

핸드폰 전원을 꺼놓은 어머니는

어느 계절을 살고 계시는지

어머니의 봄날

섬초롱꽃이 가득 피어난 정원엔

하얀 나비가 날고

내 유전자 속에 살고 계신 어머니

지난겨울, 화선지에

지난겨울, 화선지에
태점이 있는 등걸과 빈 가지만을 그렸다

오래된 등걸과 가지에
물관을 타오르는 숨결 소리
화선지에 번졌다

아파트 정원 백매화
하얀 눈꽃으로 피고 지고
그렇게, 꽃들은 잠시 피었다 지거늘

언제나 그랬듯이 꽃이 되게 해준 정점
그 순간의 떨림, 그 떨림의 찰나들을
잊고 살고 있는 것은 아닌가

아주 오랫동안,
나의 화선지에 내 붓을 부려 허락하는 그림은

태점이 있는 등걸과 가지만 일지도 모른다

12월

진눈깨비가 내리는 12월

골짜기에 까마귀 떼가 울며 날아올랐다

양상동 공원묘지 어머니를 무덤에 모셔두고

돌아오는 길 한참 무덤가를 뒤돌아보며 돌아왔다

집으로 돌아와 안방을 들여다보니

나보다 먼저 돌아와 안방에 누워 계신 어머니

평생 우리들의 평온한 방이셨던 어머니

나비

죽음을 통과한 어머니는
나비가 되어 날아갔다

인견 수의를 입고 곱게 화장을 하고
11월의 나비가 되어 훨훨 날아갔다

이제 나는 어머니를 나비라고 부를 것이다

꽃들을 환하게 피워 어머니를 부를 것이다

올봄,
이 세상을 벗어놓고 간 어머니는
나비가 되어 날아왔다

죽어도 죽지 않는 어머니

출국

어머니 배 속에서 몇 달,

태어나서 칠십 년에서 백 년

주머니 없는 수의 한 벌

생애 지은 모든 것

입국심사를 받고 있는 사람들

세족례

성목요일, 어머니께 발을 씻겨 드렸다
소복하게 부은 어머니의 발등과 발바닥
무던히도 많은 짐들을 싣고 나르셨다
발가락 사이로 물방울들이 주르르 흘러내렸다
무거운 짐을 지고도 견고하고 단단했던 어머니
평생 지고 업고 오셨던 生의 무게들
그 짐들을 부려두고도 이제는 몇 발자국도 나갈 수 없다
성목요일 그리스도가 십자가에 못 박히기 전날 밤
제자들의 발을 씻겨 준 것처럼 어머니의 발을 씻겨 드렸다
모든 것을 맡기고 착한 제자가 된 어머니
유다처럼 나를 모른다고 나를 배반하는 어머니
아기처럼 말랑말랑하고 부드러운 어머니
단단하고 견고한 껍질을 벗는 어머니의 발을 씻겨 드렸다

압둘하디 알제르의 시민 합창단을 읽고

미술관에서 그림을 읽었다

‘예술이 자유가 될 때’ 이집트 초현실주의자들

이집트의 화가들이 근대 시기 사회적 변화를 그림으로
쓴 시였다
프랑스에서 제1차 세계대전의 대량학살의 비극을 겪은
예술가들
현실을 초월하고 자유에 대한 억압에 저항하는 초현실주
의의 뿌리
초현실주의를 소개한 이집트의 시인 조르주 헤네인
화가들과 비평가 예술가들의 시대정신
가장 인상적인 그림은 압둘하디 알제르의 ‘시민 합창단’
이었다

그림의 내용은 가난한 시민들이 헐벗은 모습과
추레한 복장 다양한 색깔과 크기가 다른 그릇들을

거리에 길게 늘여 놓고 서 있는 모습

그림의 원제목은 '배급을 기다리는 시민들'이었다

검열에 걸린 화가 압둘하디 알제르는
그림 제목을 '시민 합창단'으로 바꿨다

자유가 되지 못했던 예술가들

침묵으로 합창을 하고 있는 시민들

오늘 읽은 그림 중 '시민합창단'은
가장 울림을 주는 아픈 시였다

합창을 하고 있는 시민들

몇 발자국

이른 아침, 아스팔트 산책길 위에서
죽어 있는 지렁이 떼를 만났다

풀숲에서 나와 아스팔트 길을 건너다
뜨거운 길 위에 데어 죽은 지렁이 떼

몇 발자국이면 건널 수 있는 거리를
건너지 못해 햇볕에 데어 죽었던 것이다

아스팔트 길 몇 발자국이 지렁이들에겐
뜨겁고 목이 마른 사막이었으리라

풀숲을 가로질러 만든 긴 아스팔트 산책길
몸부림치다 죽은 지렁이 떼들의 행렬

 그 죽음의 행렬 위에 찬란한 아침 햇살

그 죽음의 행렬 위를 걷고 있는 사람 사람들

거울

거울 속에 어머니가 있다

거울을 들여다보면

깜짝 놀라 들여다보면

나를 들여다보는 어머니

온화한 미소를 지으면 온화한 미소를 짓는 어머니

슬픈 표정을 지으면 슬픈 표정을 짓는 어머니

거울 속에 어머니가 살고 있다

어머니가 그리운 날

거울을 들여다보면, 나를 들여다보고 있는 어머니

소녀의 꽃밭

소녀라는 말에는 꽃향기가 난다

꽃다발이 놓인 소녀의 동상 앞

나비가 날아들었다

깊은 어둠 가슴에 묻고

뜯겨진 머리카락 주먹 쥔 두 손

마음이 추운 소녀

무더운 여름 털목도리를 두르고 서 있다

맨발의 소녀 눈물 글썽이며 경계 밖에 서 있다

해돋이

지중해를 건너 유럽으로 가는 레스보스섬
아이웨이웨이는 궁전 파사드 창문들을
황색의 낡은 구명조끼로 막아
거대한 설치미술을 '해돋이'로 표현했다

낡은 황색의 조끼들은
실제 난민들이 입었던 것으로
레스보스섬에서 수집되었다

"위기는 없고, 인간의 위기만 있다"라고
말하는 아이웨이웨이

그는 가장 안정적이고 행복한 나라에서
가장 불안정하고 불행한 이들이 입었던
구명조끼를 해돋이로 표현했다

 오늘은 세계 난민의 날,

여명의 항구에서 바다를 떠도는
실종 중이거나 목숨을 잃어가는

우리는 모두 지구를 떠도는 난민들

맨드라미

비가 내리는 정오 이웃집 여자는 검은 우산을 쓰고
꽃밭에 심어놓은 맨드라미를 스테인리스 밥통에 옮겼다

서너 개밖에 없는 맨드라미를, 내가 말렸음에도 한사코
이웃집 여자는
꽃삽으로 맨드라미를 떠서 스테인리스 밥통에 옮겼다

"아주머니 그 꽃은 이곳이 제 자리예요 옮기면 죽어요"

한사코 말리던 나를 뒤로하고 붉은 목줄기가 퉁퉁 부은
맨드라미를 스테인리스 밥통에 담고 이웃집 여자는 현관문
을 쾅! 닫고 들어갔다

"아주머니 그 꽃은 이곳이 제 자리예요 옮기면 죽어요"

스테인리스 밥통 안에서 붉은 밥으로 피었을 맨드라미

단단하고 견고한 밥이 되었을 맨드라미, 견고한 자리에
밥으로 피었을 맨드라미

자리를 찾아 헤매던 붉은 기억이 나날 거처할 자리가 없
는 거리의 사람들,
자리가 밥이 되어주었던 밥을 찾아 떠도는 사람들

게르니카

아프가니스탄의 총성!

탈레반의 정권 장악, 탈레반의 귀환

소년 소녀 여성들의 울부짖음

총성 소리가 전 세계로 번지는

카불공항의 목숨 건 탈출 행렬

아프가니스탄 카불공항의 절규. 갓난아기들을 철조망 너머로 던지고, 어떤 아기는 낯선 외국 군인 품에 안기고, 철조망 넘어 목숨을 건 생이별의 현장. 부르카를 입지 않은 여성들의 총살 21세기라고 믿기지 않는 야만의 생지옥의 그림

반전 평화의 염원, 피카소 그림은 지금도 진행 중이다

'게르니카' '시체 구덩이' '한국의 학살'

'회화란 집을 장식하기 위해 그리는 것이 아니다.
그것은 적에 대한 공격과 방어의 수단이다'

'게르니카' 부러진 칼을 들고 쓰러진 전사, 그 위에서 울
부짖는 말의 머리, 자식을 잃고 두 팔을 들어 올리고 하늘을
향해 통곡하고 있는 어머니. 피카소 그림에 자주 나타나는
황소가 독일 폭격기가 날아왔던 파란 하늘을 올려다보며 실
제 통곡하고 있는

'시체 구덩이' 나치 정권에 의해 자행된 유대인 집단학살
의 비극을 나타내는
　시체들은 손과 발이 묶여 있고 고통에 몸부림치며 절규
하고 있는

'한국의 학살' 작품 속에는 임신한 여자들과 아이들 절규

하고 있는 여인들과 겁에 질린 아이들. 서로 부둥켜안고 손을 잡고 있고 반대쪽에는 군인들이 철갑 옷을 입고 총과 검을 든 채 위협적인 자세를 취하고 있는 모습. 가슴에 손을 얹고 있는 소녀의 모습

1951년 파블로 피카소가 그린 한국의 학살은 한국전쟁의 참상이다

지금은 휴전 중이지만 아직도 진행 중인 한국전쟁,

게르니카는 아직도 진행 중

평화를 염원하며 안녕을 주문하는

안녕 아프가니스탄!

순수한 회화가 되기를 간절히 염원하는

안녕하지 못한 나날들 서로에게 안부를 묻는

안녕하지 못한 나날들 서로에게 안부를 기원하는

* '회화란 집을 장식하기 위해 그리는 것이 아니다.
  그것은 적에 대한 공격과 방어의 수단이다'

– 파블로 피카소

눈의 사랑

당신에게는 싱싱한 겨울바람이 불겠는데요

알싸한 공기를 느낄 수 있는 당신의 향기

오늘도 고기압의 영향권에 들겠는데요

아침에는 기온이 하강하여 매우 싸늘한 향기

오늘도 당신의 날씨 곳곳에는

눈이 내려 폭설로 이어져 결빙될 수도 있겠는데요

산발적으로 내리는 폭설에 당신

눈사람이 되겠는데요

당신을 녹여줄 눈의 사랑

기온이 쑥쑥 올라 30도 당신을 뜨겁게 하겠는데요

국경이 없는 새떼들의 자유

세상은 누군가 그어 놓은 수직선

그 선을 늘였다 줄이기를 반복하는 낙하하거나 고공행진
하는

그 선이 사라질 때까지 하는 놀이

모든 선들이 수평을 이룰 때까지

서쪽 하늘을 훨훨 수평으로 날고 있는 기러기 떼

국경이 없는 새떼들의 자유

우리들은 절대 차지하지 못하리

모든 선들이 수평을 이룰 때까지

귀가하는 노동자들
- 뭉크의 그림을 보고

사라진 노을 속 검은 외투를 입은 사내들

인파 속에 떠밀려 희미한 불빛을 따라 걷고 있다

초록색 희망도 검은 절망도 그들의 몫이 아니었다

회색빛 도시 죽은 구름 사이로 은밀한 성욕과 슬픔은

어둠 속에서 빛나고 있었다

환상의 세계에서 만나는
순수함

윤 석 산

(시인, 한양대 명예교수)

환상의 세계에서 만나는 순수함

윤 석 산 (시인 · 한양대 명예교수)

1

영국의 낭만주의 시인 워즈 워드(Wordsworth, William 1770
- 1850)는 「무지개」라는 시에서 "어린이는 어른의 아버지/ 원
하노니 내 생애의 하루하루가/ 천성의 경건한 마음으로 이어
지리다."라고 노래했다. '어린이는 어른의 아버지', 어른은 살
아오면서 이제 많은 것을 잃어버렸다. 특히 어린아이들만이
지닌 순수함을 잃어버렸다. 그러므로 그 순수함은 다시 어린
이들로부터 배워야 한다는 그런 의미가 이에는 담겨져 있다.
그래서 생애의 하루하루가 그 천진하고 순수한 천성의 경건
한 마음으로 이어지는 삶이 되어야 한다고 시인은 노래한다.

신경희 시인의 시를 읽다 보면, 마치 동화의 세계로 나도
모르게 들어가는 것과 같다. 신경희의 시에서는 매우 환상적
인 어린아이의 순진무구한 마음을 만날 수가 있다. 워즈 워드
가 '어린희는 어른의 아버지'라고 노래한 것과도 같이, 우리

나이 든 사람들을 새롭게 태어나게 하는 힘을 만난다.

그러므로 신경희 시인의 시에는 마치 동화에서 자주 만나는 어린아이의 눈을 만난다. 어린아이의 눈만이 아니라, 어린아이가 지닌 환상적인 세계 또한 만난다. 어른들의 이론적이고 지적인 생각이 도저히 미치지 못하는 어린이만의 특이한 환상적인 세계, 어쩌면 신경희 시인의 시인으로서의 커다란 재산인지도 모른다.

잘 알려진 이야기지만, 선생님이 어린 학생에게 "얼음이 녹으면 무엇이 되지요?"라고 물었다고 한다. 답은 물론 "물"이다. 얼음이 녹으면 물이 되는 것이 당연한 것이기 때문이다. 그런데 어린이의 답은 그렇지 않았다. "봄이 와요." 이었다는 이야기가 있듯이, 어린이는 이지(理智)와 논리를 뛰어넘는, 어린이 나름의 고귀한 세계를 지니고 있다.

그래서 신경희 시인의 시의 제재가 되는 것들도 동화의 세계에서 만남 직한 제재들이다. 예를 들어 물에서 노는 오리라든가, 토끼, 그것도 눈동자가 빨간 토끼, 거위 등 어린아이들이 좋아하는 대상이 시의 제재로 많이 등장한다.

이러한 시적 제재를 신경희 시인 특유의 환상적인 시적 방법으로 접근을 하고 풀어나간다. 그러므로 시에서 만나는 세계는 매우 환상적이다. 이러한 시를 읽는 독자 역시 시적 환상에 매료될 수가 있다.

2

환상적 세계는 먼저 '환상'을 꿈꿀 수 있는 순수한 생각을 지녀야만 한다. 환상은 논리나 지식이 아니기 때문이다. 우리는 공상(空想), 상상(想像), 환상(幻想) 등의 서로 엇비슷한 단어들을 안다. 그러나 그 차이에 관해서는 명확하지가 않다. 공상은 말 그대로 현실감이 없는 헛된 생각이다. 현실에 그 뿌리를 두고 있지 못하기 때문에 실현 가능성이 매우 희박한 생각이다. 이에 비하여 상상은 현실에 뿌리를 내린 생각으로 어쩌면 현실 가능성을 지닌 생각이기도 하다. 이러한 생각들에 비하여 환상은 상상과 공상을 뛰어넘는 다른 차원의 생각이라고 할 수가 있다. 공상이나 상상은 2차원적인 생각이라면, 환상은 3차원, 아니 4차원적인 생각이 된다.

어린아이들은 어른의 생각을 뛰어넘는 발상을 한다. 어른들의 생각은 논리와 지식을 바탕으로 하기 때문에 2차원에서 머무는 것이 일반적이다. 이에 비하여 어린아이는 논리와 지식이 아닌 순수한 생각 속에서 발상을 하기 때문에 3차원, 4차원의 생각을 하게 된다. 이러한 세계가 바로 환상의 세계인 것이다.

올봄 나에게 선물해 준 인디안 핑크 발레 슈즈

가벼운 발걸음으로 발레를 하듯 사뿐사뿐

뒤꿈치엔 구슬이 블링 블링 나는 지금 그곳을 향해 가고 있어

살다가 삶이 무료하고 힘이 들 때 가볍게 환승을 해 보는 거야

나를 어느 곳에 데려다줄지 모르는 인디안 핑크 발레 슈즈

마음의 길을 잃어버릴 때 나침판이 되어 줄 북극성

아주 낯선 곳일수록 진초록 내 마음속을 통과하고 있어

나는 그 성을 향해 가고 있어

마음의 길이 되어 나침판이 되어 줄 북극성

- 「인디안 핑크 발레 슈즈」의 전문

'인디안 핑크 발레 슈즈'는 신발이다. '인디안 핑크'는 약간 어두운 분홍빛이라고 한다. 또 '발레 슈즈'는 발레를 할 때 신는 스타일의 신발이다. 그러니 어두운, 그래서 회색에 가까운 분홍색을 띤, 발레를 하듯이 사뿐히 뛰어오른 듯한 가벼운 신발을 선물 받았다. 이 신발과 함께 시의 화자는 발레를 하듯이 사뿐사뿐 뛰어오르고 싶은 마음이 생긴다.

그러면서 화자는 상상을 한다. 마치 이 신발이 '살다가 삶이 무료하고 힘이 들 때 가볍게' 또 다른 세계로 환승을 해줄 수 있는 신발이 아닌가 하고. '삶의 환승', 무료한 삶을 가볍고

신나는 삶으로 갈아타게 해줄 환승, 화자의 상상은 신발 하나로 자신의 삶을 이렇듯 새로운 삶으로 바꿔 나가는 상상을 하고 있는 것이다.

그런가 하면, 그 상상의 날개가 대단히 환상적이다. "마음의 길을 잃어버릴 때 나침판이 되어 줄 북극성// 아주 낯선 곳일수록 진초록 내 마음속을 통과하고 있어// 나는 그 성을 향해 가고 있어// 마음의 길이 되어 나침판이 되어 줄 북극성" 멀리 '북극성'까지 환상의 나래는 펼쳐지고 있다. 발 딛고 있는 현실에서 인디언 핑크 발레 슈즈 한 켤레가 이렇듯 생각을 저 먼, 그러나 나의 나침판이 되는 북극성까지 이끌어 간 것이다. 그만큼이나 이 시의 발상은 환상적이다. 그러므로 시를 읽는 사람들로 하여금 삶의 새로운 활력을 불러일으키는 힘으로 작용을 한다.

특히 '북극성'을 시의 제재로 가지고 온 것은 '북극성'이 우리가 사는 북반부의 중심이 되는 별이며, 우리의 방향을 잡아주는 밤하늘의 중추적인 별이기 때문일 것이다. 따라서 이 시에서 '북극성'은 시적 화자의 삶의 지표이며 동시에 상상의 폭을 넓히는 중요한 시어로 쓰이고 있음을 볼 수가 있다.

귀가 파란 토끼는 하얀 접시에서 살아요

마스카라를 한 토끼는 눈썹을 길게 길게 늘려요

초록 사과였던 나는 귀가 파란 초록 토끼

푸른 풀밭에서 풀을 뜯던 귀가 파란 토끼는

마스카라로 길게 길게 눈썹을 늘려요

눈을 감아도 눈을 감을 수 없는 없는

눈동자가 빨간 토끼는

오늘도 길게 길게 마스카라로 눈썹을 늘려요

쇼윈도의 마네킹처럼 잠들지 못하는 밤

귀가 빨간 토끼는 귀를 허공에 걸고 길게 길게 눈썹을 늘려요

귀가 파란 토끼는 은하수에서 떡방아를 찧는 꿈을 꿀까요

세상은 눈동자가 빨간 토끼들이 늘려 놓은 눈썹들

그 길고 긴 눈썹 위 푸른 하늘에 별들이 뜨고 내려요

－「눈동자가 빨간 토끼」의 전문

　이 시에는 더욱 동화적인 환상의 세계가 펼쳐져 있다. '귀가 파란 토끼'라든가 이 토끼가 '하얀 접시에서' 산다는 발상 자체가 매우 환상적이다. 그러나 시인의 상상이 어디에서 비

롯되었는지를 시를 몇 줄 더 읽어나가다 보면 금방 알아차릴 수가 있다. "초록 사과였던 나는 귀가 파란 초록 토끼"라는 세 번째 행에 이르게 되면, 접시 위의 '사과'가 이내 '내'가 되고, 마침내는 '토끼'가 되는 것을 알 수가 있다.

'사과'가 '내'가 되고, 또 '토끼'가 되는 과정은 논리와 지식으로는 도저히 설명할 수도 없고, 또 타당하지도 않다. 그러나 '사과'가 '나'라는 자신이 되는 것은, 저 사과와 같이 늘 초록의 빛을 띠고 살고 싶다는, 진실로 어린이와 같은 생각이 자신을 사과로 변형시킨 것이리라. 이러함은 대단히 동화와 같은 세계로, 어린아이들만이 지님 직한 환상이다.

접시에 놓인 사과는 마치 토끼가 웅크리고 있는 듯한 형상이다. 그래서 '초록 사과였던 나는 귀가 파란 초록 토끼'로 시적인 변용을 시도한다. '토끼'는 참으로 온순하고 그래서 어린아이들로부터 사랑을 받는다. 이쯤에서 시인의 환상적 상상은 무한하게 뻗어나간다.

쇼윈도의 마네킹은 모두가 잠이 든 밤에도 홀로 서서 두 눈을 뜨고 외로이 서 있다. 그래서 "쇼윈도의 마네킹처럼 잠들지 못하는 밤"이 된다. 이와 같이 잠들지 못하는 밤, "귀가 빨간 토끼는 귀를 허공에 걸고 길게 길게 눈썹을" 늘리며, 그 허공에서 가만가만 세상의 소리를 듣는다. 이렇듯 모두 잠이 든 밤, 홀로 깨어나 귀를 늘리며 세상의 소리를 듣는 "귀가 파란 토끼는 은하수에서 떡방아를 찧는 꿈을 꿀까?" 저 먼 하늘

달나라에 사는 토끼가 찧는 떡방아 소리라도 들으려고 귀를
길게 길게 늘리는 토끼는, 먼 달나라까지 가는, 그런 꿈을 꾸
고 있는 걸까. "세상은 눈동자가 빨간 토끼들이 늘려 놓은 눈
썹들// 그 길고 긴 눈썹 위 푸른 하늘에 별들이 뜨고" 내린다고
시인은 노래하고 있다.

이러한 환상적인 상상의 세계는 다음 시에서도 이어진다.

올리브 나뭇잎이 반짝 빛나는 입구

길 옆 카페에서 당신은 커피를 주문해요

벽에 걸린 마티스의 그림과 고흐 그림

당신은 마티스와 고흐의 그림 커피 향을 읽어요

이탈리아를 달리던 차창 밖에서 읽었던

풍경과 정서가 고스란히 담긴

당신은 아메리카노 한 잔과 갓 구워낸 무화과 치즈빵

이국정서를 담은 공간

당신은 그곳에서 하루를 조율해요

그곳은 당신의 평온한 그늘

일용할 양식은 생명의 빵

도시의 숲속엔 커피나무 숲들이 무성하게 자라고

올리브나무 사이 단단한 과육이 자라고

오븐에선 담백한 올리브 치아바타 빵과 바게트

살아있는 생명의 숨결이 부풀어 올라요

당신의 숨결도 함께 부풀어 올라요

당신은 부드러운 무화과 치즈빵 살결을 먹어요

Dear Lie Dear Lie Dear Lie

- 「Dear Lie 디어 라이」의 부분

Dear Lie는 미국의 어느 그룹이 부른 노래의 제목이라고 한다. 그런가 하면 안산에 있는 어느 카페의 이름이기도 하다. 아마도 시인은 안산에 살고 있기 때문에 안산 예술대학 근처 어딘가에 있는 카페를 시의 대상으로 삼고 쓴 듯하다.

그 카페는 아마도 올리브 나뭇잎이 반짝 빛나는 입구를 지니고 있는 모양이다. 그리고 벽에는 마티스의 그림과 고흐 그림이 걸려 있는 모양이다. 흔히 여느 카페에서 볼 수 있는 인테리어라고 생각된다. 그러나 시인은 이 카페에서 단순히 커피를 마시는 것이 아니라, '마티스와 고흐의 그림 커피 향을 읽는다.'고 노래하고 있다. 커피는 마티스와 고흐의 예술적 향기로 퍼져나가고, 시인은 커피 향을 맡는 것이 아니라, 읽는다고 노래한다. 아마도 커피를 마시며 책을 읽는 모양이다. 커피 향은 마티스와 고흐의 예술적 향기로, 또 커피는 자신이 읽는 책으로 전환하면서 시어는 화려하게 변신을 한다.

시는 언어 예술이다. 이러한 시적인 변신은 읽는 사람으로 하여금 언어 예술이 지닌 깊이에 매료하게 하기에 충분하다.

그런가 하면, "도시의 숲속엔 커피나무 숲들이 무성하게 자라고/ 올리브나무 사이 단단한 과육이 자라고/ 오븐에선 담백한 올리브 치아바타 빵과 바게트/ 살아있는 생명의 숨결이 부풀어" 오른다고 상상의 날개를 편다. 따라서 카페의 커피와 빵과 과일과 오븐에서 익어가는 빵은 단순한 사물이 아니라, 살아있는 생명으로 우리의 앞에 싱그럽게 전개가 된다. 이러한 시상의 전개는 읽는 이로 하여금 전혀 새로운 세계로 몰아가므로, 예술적 경험을 하게 하는 충분한 효과를 지닌다.

3

신경희 시인의 시는 그 동화적이며, 또 환상적인 상상력과 함께 시적 전개나 언어 선택에 있어 매우 수준 높은 예술적 경지를 보여주고 있다. 이와 같은 시들과 함께 신경희 시인의 시는 그 사유의 변용이 매우 유니크하다. 다음의 시들을 보기로 하자.

하루살이는 하루가 전 생애다

백일홍은 백 일이 전 생애다

하루를 천 년처럼 사는 하루살이

백일을 천 년처럼 사는 백일홍

살아있는 동안 붉게 피어라

살아 있는 동안 환하게 빛나거라

하루를 천 년처럼 천 년을 하루처럼

백일을 천 년처럼 천 년을 백일처럼

살아 있는 동안 붉게 피어라

- 「하루살이 천 년 살이」의 전문

장자(莊子)가 말을 했던가. 800세를 살았다는 팽조(彭祖)나 태어나자마자 죽었다는 어린아이나 그 무엇이 다르겠는가 하고 말한다. 이와 마찬가지로 '하루살이는 하루가 전 생애'이고, '백일홍은 백 일이 전 생애'이다. 그러나 하루살이는 '하루를 천 년처럼 천 년을 하루처럼' 살고, 백일홍은 '백일을 천 년처럼 천 년을 백 일처럼' 산다. 그러니 '살아 있는 동안 붉게 피어라'라고 주문한다.

무얼 많이 또 길게 하는 것이 중요한 것이 아니라, 주어진 시간, 허여된 시간에 충실하게 사는 것, 그래서 붉게 사는 것이 중요하다는 교훈이 이에는 담겨 있다. 그러나 교훈이라는 딱딱하고 숨 막히는 것을 시적으로 풀어내므로 읽는 이에게 매우 서정적으로 다가오게 하는 솜씨가 돋보이고 있다.

이와 같은 모습은 다음의 시에서도 확인된다.

투명한 유리병 속에 시를 담아요.

싱싱한 재료를 바구니에

넘치지 않게 골라 바구니에 담아야 해요

재료들을 가지런히 다듬고 시를 절이는 시간

30분간은 뒤적이고 10분간은 시를 뒤적이며 다독다독

시가 절여지는 동안 양념을 준비해야 해요

갖가지 양념을 다듬고 다듬어 덩어리지지 않게

채로 곱게 치고 절여진 시를 깨끗하게 헹구어

양념과 함께 버무려진 시

너무 짜거나 맵지 않고 슴슴하게 양념과 함께 버무려진 시

투명한 유리병 속에 담고

숙성되어 발효가 되는 시간

투명한 유리병 속 시를 들여다보는 시간

맛있는 시가 되는 시간

- 「시를 담그는 시간」의 전문

　　주부는 찬거리를 위해 장을 보고, 그 장을 본 재료들을 잘 다듬고, 또 담고 숙성시켜 가족을 위한 찬거리로 만든다. 매일같이 주부들이 하는 일상이다. 시 쓰기 역시 이와 다를 바가 없다. 영국의 계관시인 C. D 루이스가 자신의 『현대시 작법』이라는 책에서 한 말이다. 문득 가슴에 시의 씨앗을 하나 품게 되면, 그 씨앗을 틔우기 위하여 자동차를 달려 시골길을 달려 보기도 하고, 황혼녘의 산마루를 홀로 떠돌아보기도 하며, 자신의 내면에 자리한 시의 씨앗을 틔우도록 노력을 한다고 했다. 그래서 어느 시간이 지나면, 가슴에 품었던 시의 씨앗은 자신도 모르게 발아하게 되고, 마침내는 한 편의 시, 한 송이의 꽃과 같은 시가 탄생한다고 했다.

　　이와 마찬가지로 시인은 매일 같이 준비하는 찬거리를 마련하는 그 과정을 시를 쓰는 것과 같다고 노래한다. 주부가 행하는 찬거리 마련이 한 편의 훌륭한 시 쓰기로 변용되는 모습에서 시와 생활이 결코 둘이 아닌 하나라는 실감을 하게 된다. 먼저 '투명한 유리병 속에 시를 담그고', '재료들을 가지런히 다듬고 시를 절이는 시간', '30분간은 뒤적이고 10분간은 시를 뒤적이며 다독다독'해야 한다고 화자는 말한다. 그리고 좋은 시 쓰기를 위해 많은 시어를 선택하고 고르는 고뇌의 시간을 지녀야 하듯이 '시가 절여지는 동안 양념을 준비해야' 한다고 말한다. 그렇다. 좋은 시 쓰기를 위해서는 풍부한 시어와 함께 가장 적절한 시어를 찾아내고 준비해야 한다.

그리고 시인은 기다린다. '양념과 함께 버무려진 시'를, '너무 짜거나 맵지 않고 슴슴하게 양념과 함께 버무려진 시'를, 그래서 '숙성되어 발효가 되는 시간'을, '맛있는 시가 되는 시간'을 기다리며, '투명한 유리병 속에' 담긴 시의, 그 숙성의 시간을 기다리는 즐거움을 갖는다. 이 시간은 시를 쓰는, 새로운 창작의 시간을 보내는 즐거움이며, 동시에 가족을 위해 찬거리를 마련하는 주부만이 지니는 즐거움의 시간이기도 하다.

이렇듯 신경희 시인은 자신의 삶과 하나가 되는 시의 시간, 시 쓰기의 시간을 시를 쓴다는 즐거움으로 보내고 있는 시인이다.

4

신경희 시인이 지니고 있는 환상적 상상과 시적 변용의 환상적인 전환, 그리고 일상과 하나를 이루며 전개되는 시에의 세계는 어디에서 비롯되는 것일까. 이는 다름 아닌 시에의 이 시인이 지닌 '순수한 열정'에서 비롯된다고 하겠다. 그런가 하면, 이 순수함이 시인을 마치 어린아이의 눈으로, 어린아이의 순수한 마음으로 이어지고 있음을 발견할 수가 있다. 그래서 시인은 그 시적 대상의 대부분 또한 어린아이의 눈과 마음에서 만난 대상들이 된다.

이른 아침, 야옹! 야옹!

길고양이의 젖은 눈빛을 만났다

비가 와서 피할 곳 없는 길고양이

나무상자 하나 내어 주었다

초롱초롱 반짝이는 눈빛들

나무상자 하나 별빛을 담은 우주였다

－「길고양이」의 전문

흰히 '길양이'라고 불리는, 주인 없이 이곳저곳을 떠돌며 사는 고양이, 길고양이. 이른 아침 비에 젖고 또 굶주린 길고양이의 애처롭게 보이는 젖은 눈을 화자는 만난다. 그래서 비 피할 곳을 마련해 주기 위하여 나무로 된 상자를 하나 내주었다. 그러니 고양이가 그 상자 안에 들어가 웅크리고 앉았다. 고양이가 비를 피할 장소를 하나 얻은 것이다. 상자 안 고양이의 반짝이는 두 눈이 보였다. 그 눈은 저 먼 우주 어디에선가 빛을 보내는 별빛과 같다. 그러므로 그 상자는 마치 별빛을 품은 우주가 되는 것 아니겠는가.

나무상자가 고양이의 애처로운 모습을 만나 우주가 되는 것, 고양이의 발견이나 우주로의 확대 역시 어린아이의 눈과 마음과 같은 순수함에서 비롯되는 것이라고 하겠다.

　　　잉어 떼 물속에서

　　　청둥오리 무등 태우고

　　　사계절 우거진 갈대 습지

　　　노랑 희망을 품고 날아와

　　　둥지를 튼 노랑부리백로

　　　평화가 우거진 인정의 숲에서

　　　희망을 산란하는 노랑부리백로

-「노랑부리백로」의 전문

　물속의 잉어 떼와 물가 숲에 둥지를 튼 노랑부리백로의 발견이 이 시를 쓰게 한 모멘트가 된다. '노란 평화', '평화'가 무슨 빛을 띠고 있겠느냐마는, 노란부리의 백로로 인하여 잉어와 백로가 서로 어울리는 평화는 '노란빛을 띤 평화'가 아닐 수 없다.

　그래서 평화가 우거진 인정의 숲에는 희망을 산란하는 노랑부리백로가 산다. 평화롭게 우거진 갈대 습지에서 만난 잉

어며 노랑부리백로는 평화의 상징으로 시인에 의하여 포착된
다. 청둥오리 무등 태우고 한가로이 노니는 잉어 떼는 이러한
평화를 이루는 또 하나의 방점이 아닐 수 없다.

　바로 이와 같은 대상의 발견이나 발상에서 신경희 시인의
시인으로서의 매력을 찾을 수 있다. 순수한 마음을 지녔기에
그 대상이 평화롭고 또 화목하게 다가오고 있는 것이리라. 이
런 모습은 다음 시에서도 확인이 된다.

　　　뭉게구름이었다가 몽실몽실 양털 구름

　　　양치기 소년과 늑대는 아직 나타나지 않았어요

　　　다시 흩어졌다가 피어나는 하트 하트

　　　큐피드의 화살은 아직 도착하지 않았어요

　　　멋진 베르테르는 동쪽 하늘에서 편지를 쓰고 있어요

　　　그녀는 형상이 없는 뭉게구름에 고양이를 그렸어요

　　　야옹 야옹 야옹….

　　　다시 흩어졌다가 피어나는 뭉게구름

　　　그녀는 구름 숲속에 토끼를 그렸어요

깡충깡충 토끼가 뛰어다니는 구름 숲에는

푸른 건반 위의 악보들

서쪽 하늘에서 먹구름이 밀려와요

빗방울이 후드득….

- 「구름 독서」의 부분

　'구름'과 '독서'라? 하늘에 뭉게뭉게 피어오르는 구름을 바라보면 어린아이들은 많은 상상을 한다. 그 구름이 기화현상에 의하여 만들어졌다는 과학적 지식이 아닌, 눈에 보이는 다양한 모습으로 어린 아이만이 할 수 있는 상상의 날개를 편다.
　'뭉게구름이었다가' 이내 '몽실몽실 양털 구름'으로 바뀌는 구름들을 바라보며, 저 양들과 함께 있어야 하는 '양치기 소년과 늑대'를 상상한다. 그런가 하면, 구름은 고양이를 만들기도 하고, 또 토끼를 만들기도 하고, 수시로 구름의 모양은 바뀐다. 이렇듯 바뀌는 구름을 바라보며 어린아이는 끝없는 상상의 날개를 펼친다. 어린아이는 하늘의 구름을 바라보며 '양치기 소년과 늑대'도 읽고, 또 고양이와 토끼에 관한 동화도 읽으며, 구름 독서를 한다. 그러다 이내 '서쪽 하늘에서 먹구름이 밀려' 오고, 하늘은 빗방울로 건반을 두드리는 소리를 낸다.

　이렇듯 하늘의 구름을 바라보며 끝없는 상상의 세계로 들어갈 수 있는 것도 다름 아닌 어린아이와 같은 순수함 때문이라고 할 수가 있다.

오늘도 너와 함께 걷고 있어

꽁꽁 언 얼음 위

따뜻한 체온으로 너의 길을 내고 있어

안녕? 오리

누군가 만들어 놓은 눈 토끼

누군가 만들어 놓은 눈 오리 눈 비둘기

누군가 눈으로 만들어 놓은 새하얀 성

백설 공주와 일곱 난쟁이가 살 것 같아

이곳은 얼음 성 눈의 나라 눈사람 가족들

안녕? 오리

꽁꽁 얼어버린 새빨간 물갈퀴

너의 우주를 넓혀 가고 있어

언 강물이 녹아 너의 체온이 따뜻해질 때까지

안녕? 오리

오늘도 너와 함께 걷고 있어

언 강물이 녹아 아득히 머나먼 길을 낼 때까지

안녕? 오리

너의 날개로 포르르르 하늘을 날아올라

차르르르 내려앉아 물결 위를 평화로이 노닐 때까지

안녕? 오리

오늘도 너와 함께 겨울 강을 건너고 있어

- 「안녕? 오리」의 전문

이 시의 제목이 된 '안녕? 오리', 또한 매우 어린아이의 눈에서 만난 오리가 아닐 수 없다. 한겨울 꽁꽁 언 물가 공원을 걸으며 꽁꽁 언 물위에 길을 내며 헤엄치는 오리를 만난다. 이렇게 추운데 저 오리는 얼마나 추울까 생각하며 화자는 '안녕?' 하며 말을 건넨다. 추운데 차가운 얼음 위에 있는 너 오리 안녕하냐? 는 물음이다. 오리를 걱정하는 마음이 이 시에는 듬뿍 담겨져 있다.

그래서 화자는 '오늘도 오리와 함께 걷고 있는 것'이며, '언 강물이 녹아 아득히 머나먼 길을 낼 때까지' 오리에게 안녕하도록 기원을 하는 것이다. 그러므로 '날개로 포르르르 하늘을 날아올라/ 차르르르 내려앉아 물결 위를 평화로이 노닐 때까지' 화자는 '오늘도 오리와 함께 겨울 강을 건너고 있는 것이다.' 나의 추위가 또 너의 추위가 되는, 그래서 너라는 다른 대상에의 나의 마음을 전이시킬 수 있는 마음의 자세가 바로 순수함의 그 모습이 아니겠는가.

　신경희 시인은 많은 시를 쓰고 또 많은 시집을 내는 시인
은 아니다. 자신의 마음과 같이 순수하게 만난 대상들을 환상
적인 동화의 날개를 펼쳐 이끌어내고, 나아가 다양한 시어의
선택을 통해 매우 활발한 이미지의 시를 만들어 내는 시인이
다. 이러한 시의 세계가 지속되고 또 더욱 촘촘한 이미지로 엮
이는 시가 되기를 바란다.